I0548596

# CAILLOUTAGE.

## Le chant du Crépuscule,

**TRADUIT DU HONGROIS.**

Le jour s'éteint sous un voile d'azur;
  Du soleil la flamme adoucie
Vient colorer, d'un ton de pourpre obscur,
  Nos monts à la cîme noircie.

En chaque lieu s'épand l'ombre du soir :
  Zirphé, c'est l'heure du mystère !
Sur l'herbe molle avec moi viens t'asseoir,
  Au pied d'un arbre solitaire !

En s'y jouant, Zéphir, autour de nous,
  De parfums soulève un nuage,
Et les oiseaux joignent leurs chants si doux
  Au doux murmure du feuillage !

V+
1854
©
yc
39655

Loin des regards jaloux et envieux,
  Des villes la contrainte cesse :
De l'Amour seul, la puissance, en ces lieux,
  Etreint le cœur et le caresse !

Comme le flot au flot va se mêlant,
  Pour baiser les fleurs de la rive,
Ainsi notre âme à d'autres s'accouplant,
  Jusqu'au fond des plaisirs arrive !

Dans les rameaux des saules chevelus
  S'entrevoit la lune argentée,
Et, près de nous, de nos rêves émus
  Voltige la forme enchantée !

Viens, ma Zirphé, viens, le printemps s'enfuit;
  Bientôt les chansons seront closes :
Un souffle froid viendra, pendant la nuit,
  Glacer l'onde et tuer les roses !

Mais notre vie est pleine encor d'ardeurs...
  Le bosquet nous offre son ombre...
De ce présent épuisons les bonheurs
  Dont nos forces doublent le nombre !

Ils pâliront, ils s'enfuiront après;
  Mais plus tard, — et qu'importe, au reste !
Des maïs fleuris, en face des cyprès
  Toujours le souvenir nous reste !

Vois, ma Zirphé, les étoiles des cieux
  Enseignent à s'aimer, ma chère,...
Mais, — quand là haut tu promènes les yeux,
  Mon âme, ici, languit, s'altère !

# A Alice, duchesse de R.

SUR LA MORT DE SON FILS.

Il n'est plus, ô mon Dieu, cet enfant blond et rose !
Il vous fallait un ange, et vous nous l'avez pris.
Sous le marbre bien froid, son corps glacé repose;
Mais Dieu, c'est le Seigneur : humains, soyons soumis!

Sa mère!.. Ah! sentez-vous comme il fait froid à l'âme,
Lorsque l'on dit ce nom sur le bord d'un tombeau
Qui renferme un enfant? Sa mère! Pauvre femme!
Non, tu n'étreindras plus ce corps si frais, si beau,
Que tu semblais couvrir d'une seule caresse!
Non, tu n'entendras plus ni rire ni pleurer
Tu ne verras plus rien qu'un voile de tristesse
Se déployer, lugubre, et pour tout entourer!..

Oh! comme elle était fière, en le montrant au monde,
Et qu'elle était heureuse en baisant ses beaux yeux,
En lissant d'un baiser sa chevelure blonde!...
De tout cela, plus rien... qu'un ange dans les cieux !
En naissant, chaque enfant est inscrit sur le livre
Que tient aux pieds de Dieu l'archange Gabriel ;
Puis, lorsque l'heure sonne où l'on cesse de vivre,
Le corps, poussière, meurt, l'âme remonte au ciel !...

Il vous reste sa sœur : — sa sœur insouciante,
Qui se parait gaîment de sa robe de deuil,
Essuyant tous nos pleurs de sa bouche riante
Et faisant un bouquet du lierre du cercueil !
Lutin consolateur, embrasse bien ta mère ;
Si tu la vois pleurer, souris-lui, chère enfant !
Dis-lui qu'en cette vie on ne voit que misère;
Ton heureux frère vit : — ici c'est le néant !

Il n'est plus, ô mon Dieu, cet enfant blond et rose !
Il vous fallait un ange, et vous nous l'avez pris.
Sous le marbre bien froid son corps glacé repose ;
Mais Dieu, c'est le Seigneur : humains, soyons soumis !

# Elle, c'est toi!

CAPRICE POUR GUITARE.

Ah ! si j'étais petite abeille,
Lorsque sur la rose vermeille
    Butinerais,
Je lui dirais d'une voix tendre :
— Insecte et fleur savent s'entendre, —
    Je lui dirais :

« Vous êtes, Rose, bien jolie,
» Fraîche comme rose ravie
    » A la Vénus ;
» O ! oui, Rose, vous êtes belle,
» Mais, vraiment, je vous jure qu'Elle
    » L'est encor plus !

» Elle a le teint incomparable
» Et le coloris admirable,
    » Tout comme vous ;
» Mais, près d'Elle lorsqu'on soupire,
» Le parfum que le cœur respire
    » Est bien plus doux !

» C'est l'ivresse d'amour suave,
» D'amour qui me fait son esclave
    » Depuis deux ans ;
» Amour aussi fort que le chêne,
» Mais les anneaux de telle chaîne
    » Sont peu pesans ! »

Quel est le nom de cette belle ?
Pour vous, pour tous, ce nom c'est : *Elle!*
    Comme pour moi.
—A toi, bel ange, ma promise,
Il n'est point besoin que je dise :
    Elle, c'est toi !

# L'heure de la Mort.

(SCÈNE DRAMATIQUE.)

Dédiée à BATAILLE.

En ce monde, tout m'a trompé !
Amour, vertu, j'ai répété
Vos noms menteurs. — O ! terre ingrate,
Où les doux rêves sont déçus !
Aujourd'hui je suis un pirate
Qui n'aime plus ! qui ne croit plus !

   Encor une bataille,
   Enfants, encor du sang !
   Allons : qu'on frappe et taille !
  Je veux qu'en périssant,
   Notre ennemi lui-même
  Jette un dernier blasphême !

Autrefois, je crus au bonheur
Et ne recueillis que douleur !..
Le bien, ici-bas, c'est chimère :
Tous les doux rêves sont déçus !
Aujourd'hui je suis un corsaire,
Je n'aime plus ! je ne crois plus !

   Sur les mers je commande,
   Bravant l'humanité...
   O que le Ciel m'entende
   Et voie un révolté !...
   J'avais un cœur, une âme :
   Je ne suis plus qu'infâme !

       Autrefois, etc.

Alerte ! à la manœuvre,
Matelots ! Ce vaisseau
Vient de hisser, — belle œuvre !
Une croix pour drapeau.

. . . . . . . . . . . . . . . . . .

Enfer ! il nous échappe !

. . . . . . . . . . . . . . . . .

A moi ! qui donc me frappe ?

Un coup mortel ! Dieu s'est lassé
Des blasphèmes d'un insensé.
Bandits, entendez du corsaire
Le triste et le dernier adieu :
Je prie !… Appaise ta colère,
O Dieu !… Je crois ! je crois en Dieu !

## Rondeau.

———

*Ce papillon,* — qui, d'un coup de son aile,
Va caresser au jardin chaque fleur
Et s'enivrer du doux miel de son cœur.
Délaissant l'une alors qu'une plus belle
Frappe ses yeux, — dis, charmante Giselle :
Peux-tu l'aimer, ce volage trompeur ?
— Mais son éclat, son charme, sa couleur
Me plaisent fort ! Puis : est-il infidèle,

　　　　　　　　　　*Ce papillon ?* —

O ! mon enfant, une réponse telle,
Pour toi me fait avoir bien grande peur !
Sache le bien, et comprends ton erreur :
Pour fille sage est un sujet d'horreur
L'homme brillant, dont l'âme a pour modèle

　　　　　　　　　　*Ce papillon !*

(1846.)

# L'Harmonie.

PAROLES POUR MUSIQUE.

Les bruits que l'on entend,
Sinistres, se heurtant
Dans ces jours de misères,
Le tocsin qui bondit,
La guerre qu'on maudit
Et les haines amères :

### Chœur :

Rien n'existe pour nous
Dans les préceptes doux
De la sainte harmonie,
Du ciel fille bénie !

Le progrès, le bonheur,
Le respect de l'honneur,
Le bien, tout ce qu'impose
Ce mot plein de beauté,
Divin : — « Fraternité ! »
Ah ! tout cela repose...

### Chœur :

...Oui repose pour nous
Dans les préceptes doux
De la sainte harmonie,
Du Ciel fille bénie !

L'insecte laborieux,
En regardant les cieux,
Bourdonne une prière ;
L'oiseau chante d'amour
En voyant d'un beau jour
Renaître la carrière :

*Chœur :*

Tout bonheur est un chant,
Et c'est seul le méchant
Qu'on voit fuir l'harmonie,
Du Ciel fille bénie !

O ! musique,— art divin
Encore à ton matin :
Un temps heureux s'avance
Où l'homme, avec la foi,
Trouvera tout dans toi
Et dira : « Providence...

*Chœur :*

...Providence pour tous,
Dans tes préceptes doux
Oublions, heureux sages,
L'amertume des âges!

(Juillet 1849.)

# Chœur d'Orphéon.

MUSIQUE DE KATTO.

La nuit sombre
Jette son ombre
Sur nous, compagnons !
Mais, d'en haut, la vigie :
« Espoir » — nous crie.
Matelots, espérons !
Allons, de l'espérance ;
Chantons tous un joyeux refrain ;
Car, si l'orage nous balance,
Au port nous rentrerons demain.
Allons, courage!
Nargue l'orage !
De l'espérance! — En cette nuit,
C'est la seule étoile qui luit.

# Boutade Philosophique.

MISE EN MUSIQUE ET CHANTÉE PAR M***

## I.

Tes souvenirs sont tous sans charme :
Pourquoi toujours, jeune homme, t'y livrer?
Ils ne valent pas une larme
Et tu devrais les abhorrer !
Tu fus trompé par une femme ingrate
Qui se joua de tes illusions?...

Fais fi des passions !
N'aime plus en détail, sois de cœurs un pirate
Et, d'un doigt railleur, gratte
Tout l'idéal d'une âme sans détour !
Sache traiter l'amour
Comme on traite un cheval capricieux, colère,
Qui vous met en poussière...
—Si vous ne le domptez !

Oui, jeune homme, écoutez
Un vieillard dont la vie
Fut assez bien remplie.
Avec lui répétez :
Il faut, en ce bas monde,
Se moquer à la ronde
Du passé comme de l'avenir :
— Tout finit comme tout doit finir !

## II.

Tu fus trompé? bast! c'est l'histoire
Qu'ici chacun de nous peut raconter ;
Mais il faudrait, veuille m'en croire,
Un bien long temps pour l'écouter !
Tu te disais : — toute femme est un ange
De beau, d'amour et de fidélité !

Du rêve il t'est resté
La réelle amertume, et tu vis que tout change :
L'étoile devient fange,
L'idéal fuit, s'envole pour toujours !...
De vos tristes amours
Ne vous souvenez pas, car ce passé qui tombe
Vous mettra dans la tombe...
— Si vous ne l'y mettez !

Oui, jeune homme, écoutez
Un vieillard dont la vie
Fut assez bien remplie.
Avec lui répétez :
Il faut, en ce bas monde,
Se moquer à la ronde
Du passé comme de l'avenir :
— Tout finit comme tout doit finir !

## Madrigal improvisé.

### A une Modiste,

Qui avait sur sa porte : « *A la Reine des Fleurs !* » — sans
aucun emblème.

L'artiste, — Fenella, — qui peignit ton enseigne,
S'il m'avait consulté l'aurait faite autrement.
« — *A la Reine des Fleurs*, » — c'est bien joli vraiment ;
Mais ce n'est qu'un seul titre, et ce dont mon cœur saigne.
— Comme si je voyais, mis au bas d'un tableau
D'une entière blancheur, un nom plus ou moins beau, —
C'est que l'on ait omis, au-dessus de la porte,
De placer ton portrait, et ce de telle sorte
Qu'il fut sur ta devise absolument ainsi
Que, dans ces mots : « *je t'aime !* » un point couronne l'*i* !
        (1847.)

# L'autel de Mai.

A une Petite Fille.

———

O chaste jeune fille, au pied de cet autel
    Priez la vierge sainte !
Votre douce prière, enfant, vers l'Éternel
    Peut s'élever sans crainte;
Car vous êtes candide, et les si doux accens
    De votre âme qui prie,
Par les anges portés, comme un suave encens,
    Iront jusqu'à Marie.

Lorsque, sur l'Océan, un vaisseau balancé,
    Cherchant en vain la plage,
Est englouti dans l'onde ou vers le ciel lancé
    Par un terrible orage :
—Le nom que le marin implore avec ferveur
    Est celui de Marie ;
Comme aussi, — quand, l'orage apaisant sa fureur,
    Sur la mer plus unie
L'esquif reste en repos : — le marin, dégagé
    D'un imminent naufrage,
Remercie à genoux de l'avoir protégé,
    Celle qui vaincut l'orage.

De même, ô pure enfant, priez, priez toujours
    Cette mère chérie
Qui vous conservera la candeur de vos jours,
    La paix de votre vie.
Lorsque quelque souci, — (sur l'orageuse mer
    Que l'on nomme le monde,

Et qui, souvent, au cœur jette un dégoût amer,
        Une douleur profonde), —
Lorsque quelque chagrin viendra ternir parfois
        Le blanc lys de votre âme,
Vers la sainte Madone élevez votre voix :
        —Elle fut aussi femme !

## Je suis noir.

A certain rédacteur, — homme à l'esprit badin, —
D'un journal que l'on sait être une feuille d'ordre,
Un *vrai frrrère* exalté, — d'un air assez malin,
Et lui montrant les dents comme s'il l'allait mordre, —
Fit cette question : — «Es-tu ROUGE, ou bien BLANC ?»
— « Citoyen, je suis NOIR, » dit l'écrivain habile.
L'autre, de la réplique interdit, et voulant
La définition de la phrase subtile,
Presse de s'expliquer notre ami qui répond :
    « JE SUIS EN DEUIL DE TA RAISON ! »

(Janvier 1851.)

# A Ninon.

— ÉNIGME DEMANDÉE. —

Vous voulez une énigme? Ah ! petite sournoise ,
Vous demandez cela, j'en suis bien convaincu ,
Un peu par raillerie, et pour me chercher noise.
Une énigme! — Vraiment, je crains d'être vaincu.
Ah ! si vous me donniez une idée, une chose
A laquelle je pusse aisément aborder,
Je ne dis pas ;... mais non , il faut que je dispose
Et canevas et laine. — Ensuite pour broder
Une énigme, bon Dieu ! dites-moi donc, ma chère ,
Par quel bout on commence? —D'ailleurs moi je crois bien
Que c'est par trop facile à deviner... J'espère
Que voici des raisons ; — mais qui ne disent rien. —
Après tout, ma Ninon, je risque l'aventure ;
Lisez donc ce qui suit, et cherchez bien *le mot*,
*Mot* que l'on dit souvent, et qui, dans la nature...
— Je commence très-mal, et parle comme un sot.

Je m'en vais procéder de toute autre manière
Que celle de coutume, et même en ce moment,
— Voyez comme je suis ! — pour entrer en matière,
Nous allons faire ensemble un voyage charmant.
En incidents heureux, il sera peu fertile ;
Mais vous verrez, Ninon, que, pour trouver *le mot*,
Ce voyage pourtant nous sera très-utile.
— Supposons qu'il fait nuit : moi je prends un fallot ;
Vous, vous prenez mon bras ; et nous sommes en route.
Vous savez, n'est-ce pas? que l'écriture dit :
« *Cherchez , vous trouverez;* » et personne n'en doute...
Ah! mais pardon : j'oublie, écervelé maudit ! —
Nous ne pouvons trouver, à la première vue,
La chose qui nous est tout à fait inconnue !
—*La nôtre* est d'un nom court, très-court; mais seulement,
*Elle* en porte, parfois, un autre long du double :

Le sens est de ces noms le même absolument. —
.... J'ai du malheur, ma foi ! Mon discours paraît trouble
Et n'est vraiment pas clair. — C'est égal : vous devez
Maintenant, tout au moins vous douter de *la chose.*

Donc, nous voici partis ;... et bientôt arrivés.
Voyez-vous, tout là-bas, cette ombre qui repose
Sur la terre, à l'endroit par la lune éclairé ?
— C'est l'ombre d'un bosquet, et voici l'avenue
Par laquelle l'on entre ; or, tout considéré,
Il faut entrer, Ninon : vous n'êtes pas venue
Pour autre chose. — Eh ! bien, cherchez : dans ce bosquet
Se trouve... *notre mot ;* le printemps qui s'avance
Va couvrir la prairie, et ce bois si coquet,
De ce qu'*il* a toujours, — emblême d'espérance !
— Admirez un moment ; puis nous retournerons
Dans votre chambre ; et là, chacun sur une chaise,
De *ce sujet* encor tous deux nous causerons ;
Et je vous laisserai *trouver* tout à votre aise.

Nous y voici, Ninon ; voyez et cherchez bien :
Pour sûr, vous possédez, dans votre chambre même,
Un, deux kilos ou plus ; — le nombre n'y fait rien , —
D'une chose commune et que tout le monde aime ;
Or, quand de cette chose on prononce le nom,
C'est avec *notre mot,* un identique son.
— Vous voyez , belle enfant, que je vous facilite
Grandement ! — A présent, je vous laisse chercher ;
Mais, pour vous faire encor trouver un peu plus vîte,
Je vais presque, en deux mots, vous y faire toucher :
Qnand vous mourrez, Ninon, votre corps de Sylphide
Sera mis dans ce que vous cherchez maintenant ;
A moins que le hasard autrement ne décide ;
Ou bien, — ce qui serait un peu plus étonnant, —
Que vous n'alliez mourir quelque part dans la Chine,
Où les corps morts sont mis dans toute autre machine.

Je termine, Ninon, parce qu'après la mort
On ne doit plus parler; — (rendez grâces au sort
Qui met trève à ma verve). — Ayez de l'indulgence
Pour moi, ma belle enfant; — cherchez et bonne chance !

# A Mademoiselle Masson,

### Première chanteuse de l'Opéra.

(Improvisé pendant le 3ᵉ acte de la *Favorite*.)

Comment se fait-il donc qu'elle ait le grand pouvoir
De charmer tous les cœurs et de les émouvoir?
Et qu'il lui soit donné de suspendre notre âme
A ses lèvres, d'où sort, — pure et divine flamme ! —
Un feu qui nous étreint, qui fait battre les cœurs,
Qui nous transporte au ciel ou fait couler nos pleurs?
Et que, lorsqu'elle chante, on entendrait la mouche
Qui voltige — et le bruit du souffle de la bouche ?

. . . . . . . . . . . . . . . . . . . . . . . . . . . . . . . . . . . .

Demandez au Seigneur pourquoi de son ciel bleu
Une étoile nous plaît? — Comment un jet de feu
Nous brûle?—Et puis pourquoi notre âme est-elle heureuse,
Lorsque sur nos genoux s'assied notre amoureuse?

. . . . . . . . . . . . . . . . . . . . . . . . . . . . . . . .

### *Envoi :*

Pour nous électriser avec un rien,— un son !
Il faut : — être bien belle et se nommer MASSON !

(1848)

# Pourquoi ?

---

J'ai couru dans les champs et je me suis assis,
— Pour causer doucement avec la paquerelle, —
Sur l'herbe qui m'offrait un verdoyant tapis.
Carressant doucement sa blanche collerette,
A la fleur des gazons j'ai demandé tout bas :
        « Dis-moi, ma blanche amie,
        « Ce que, pendant la vie,
            « Tu feras? »

Au brin d'herbe rieur qui, près d'elle, murmure
Des paroles d'amour, — à l'insecte, à l'oiseau,
A tout ce qui s'éveille et rit dans la nature,
Saluant le retour de ce printemps si beau :
        « Dites-moi, pourquoi faire
        « On vous mit sur la terre…
            « — Mystère? »

Et tout m'a répondu, l'oiseau comme la fleur :
Pour chanter, — nous aimer, — et bénir le Seigneur !

        (1851.)

# Sonnet.

### A une jeune patriote

---

Ma belle, laisse aux sots atteints de politique,
— Comme certains journaux, caméléons du jour, —
Crier : *Vive le roi ! — Vive la République!*
Viens, et que nos baisers disent : — Vive l'amour !

Je ne me sens plus l'âme assez mélancolique
Pour m'occuper du tout des bruits de carrefour,
Qui font fuir loin de nous le beau, le poétique,
Le petit dieu charmant et sa folâtre cour.

Je veux : pour seul drapeau n'avoir que ta mantille ;
Pour maîtres, tes beaux yeux, où tant d'amour pétille,
Et boire nuits et jours une enivrante ardeur !

Viens donc, charmante enfant, de tes lèvres de flamme
Mettre en mon cœur brulant tous les feux de ton âme :
Vivons — pour nous aimer et mourir de bonheur !

(1852.)

## Sonnet.

### Après une première visite. ..

Hier soir, ô Mathilde, en pénétrant chez vous,
Mon âme ressentit une chose inconnue :
Comme le sentiment respectueux et doux
Que, dans un temple saint, a toute âme ingénue!

Moi qui, — pauvre insensé !—d'un Dieu plein de courroux,
Jusqu'alors avait cru pouvoir braver la vue,
Je fus près d'adorer, en tombant à genoux,
L'ange dont, en ce lieu, j'attendais la venue !

Oh ! pourquoi donc alors, de ce trouble enivré,
N'ai-je pu dépouiller mon écorce de vie
Et gagner avec vous la céleste patrie ?...

Car c'est un grand bonheur, m'a dit un vieux curé,
Quand, plein d'amour pour Dieu dans son saint sanctuaire,
Au pied de ses autels, l'âme quitte la terre !

(Juillet 1852.)

# A l'Autocrate.

### DAME CRITIQUE.

Si le chêne sacré, l'arbre majestueux
Que la fable consacre au souverain des dieux,
Abrite un faible oiseau de son vaste feuillage
Et le troupeau du pâtre au frais de son ombrage ;

Si les pleurs du matin, de même que les feux
De l'astre éblouissant de la voûte des cieux,
Visitent tour à tour, — et la fleur du bocage
Et l'humble scarabé végétant sous l'herbage :

Je puis ne pas trembler en venant à vos pieds,
MADAME, quelque russe aussi que vous soyiez,
Timide déposer mon petit cailloutage !

Recevez-le sans rire, — acceptez-le sans rage,
Lisez-le sans dédain, — .... et parlez-en ; sinon,
Je mourrais dans la peau d'un poète sans nom.

(1855.)


# Improvisation

## A M. Degueurse,

**Premier prix de violon du Conservatoire, organiste à Evreux,
QUOIQU'AVEUGLE.**

---

Je ne connais personne atteint de cécité
Qui ne soit par l'histoire en quelque endroit cité !
Ils n'ont que quatre sens, leurs yeux n'ont point de flamme ;
Mais ils ont, plus qu'aucun, la lumière de l'âme !

Musique ou poésie, ils possèdent en eux
Quelque don admirable et qui les rend heureux.
Ils savent charmer, — plaire ; on les voit : on les aime,
Et leur plus beau triomphe est dans leur malheur même !

*Envoi :*

Quelqu'un oserait-il contredire ceci,
En connaissant DEGUEURSE, — en étant son ami ?

(Louviers, 15 octobre 1855.)

# Je l'attends!

### BARCAROLLE.

Si ma barque en silence
Sur les flots se balance,
Pleine de nonchalance,
C'est qu'ici, chaque soir,
J'attends, — suave espoir!
Un bel ange à l'œil noir.

C'est la brune Ozimée,
Ma perle bien aimée,
Celle qu'on a nommée,
—Pour l'éclat de ses yeux
Qui rendraient fous des dieux
Belle étoile des cieux !

Je l'entends, la charmante,
J'entends sa voix qui chante
Ce doux air qui m'enchante!
Son pas, vif et léger,
Semble à peine toucher,
Effleurer le rocher !

Le vent enfle ma voile;
La lune, qui se voile,
Va couvrir d'un doux voile
Nos amours. — Gai pêcheur,
Ramons avec ardeur...
Près d'elle est le bonheur !

# La Chanteuse.

ROMANCE

*Chantée à Paris par Mlle* CAROLINE P......

Je suis artiste et, — vagabonde, —
    Cours le monde,
De mon cœur en toute saison
Laissant, avec insouciance,
    La romance
S'enfuir avec la chanson !

    Partout je chante,
    Souvent j'enchante,
Et, — sur la terre, — mon plaisir,
  C'est de la parcourir.

Que des adorateurs proposent
    ...Ce qu'ils osent!
Qu'ils soient châtains, ou bruns, ou blonds,
— Soyez tranquille, ô bonne mère !
    Sans colère,
En riant, je leurs réponds :

    Messieurs, je chante
    Et mes amours, oui-dà !
    Sont, si j'enchante,
    Sont beaucoup de — *brava !*

Les dimanches et jours de fête,
    Je m'arrête :
— Le matin, je suis au Seigneur,
Et je répète avec les anges
    Ses louanges...
Mais ensuite avec bonheur :

    Toujours je chante,
    Souvent j'enchante ;
Et sur terre, mon seul plaisir,
  C'est de la parcourir !

Louviers, imp. de Mlle Boussard et frère.

www.ingramcontent.com/pod-product-compliance
Lightning Source LLC
Chambersburg PA
CBHW061508170626
46811CB00004B/1654